LOUIS CHALMETON

DES ACADÉMIES DE CLERMONT ET DU GARD.

LA

MISSION DU POÈTE

CLERMONT-FERRAND

FERDINAND THIBAUD, IMPRIM.-LIBR.

Rue St-Genès, 8-10.

1867.

Y

LA

MISSION DU POÈTE

DU MÊME AUTEUR.

HEURES DE LOISIR :

    Une bonne Fortune. Comédie en 2 actes et en vers.

    Entre Mari et Femme. Bluette en 1 acte et en vers.

    Poésies diverses.

ISOLEMENTS (Comédies et Poëmes) :

    La Carte de visite. Comédie en 3 actes et en vers.

    Une Ruse de femme. Comédie en 3 actes et en vers.

    Qui se ressemble s'assemble. Proverbe en 1 acte et en vers.

    Poésies diverses.

IL NE FAUT JAMAIS DIRE FONTAINE... Proverbe en 1 acte et en vers.

POUR ET CONTRE. Prologue en vers.

LOUIS CHALMETON

DES ACADÉMIES DE CLERMONT ET DU GARD.

LA

MISSION DU POÈTE

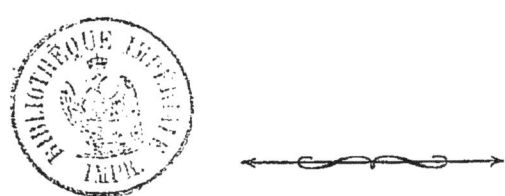

CLERMONT-FERRAND

FERDINAND THIBAUD, IMPRIM.-LIBR.

Rue St-Genès, 8-10.

1867.

A

EUGÈNE PELLETAN

Très-affectueux Hommage,

MISSION DU POÈTE

I.

Poésie, art divin ! muse au charmant sourire !
Toi, que le sérieux du temps semble proscrire
Et jeter aux bas-fonds des inutilités !
Vous tous, poètes saints, glorieux insultés !
Qu'un réalisme étroit condamne aux gémonies,
Fidèles traducteurs des hautes harmonies !
Rêveurs, par l'inconnu des choses attirés,
Que serions-nous, sans vous, célestes inspirés ?

Sous nos pas incertains, dans nos sentiers moroses,
(Ceux de la vie, hélas!) trouverions-nous ces roses,
Délicieux trésors de parfums et de miel?
Pourrions-nous, si vos chants ne nous ouvraient le ciel,
Planer hors du bourbier des intérêts sordides,
Contempler en esprit les visions splendides,
L'idéale beauté du juste et du divin?
Prédestinés au grand, n'aurions-nous pas en vain,
Une âme? pour dompter tous nos désirs immondes;
Et malgré nos efforts victorieux des mondes,
Ne sentirions-nous pas cette main de malheur
Qui pèse lourdement sur les élans du cœur,
Bestialise l'homme et lui creuse une tombe,
Où, tout vivant encor, mais déjà mort, il tombe?

Poésie, oh! reviens! nous périssons sans toi!
Rends-nous enfin l'amour, rends-nous enfin la foi!
Fais circuler en nous tes bienfaisantes flammes,
Fais palpiter nos cœurs et s'exalter nos âmes,
Pare toute beauté, du charme de tes vers,
Que ton puissant levier transforme l'univers!
Célèbre la vertu, l'honneur, le sacrifice,
Fais passer dans les mœurs la divine justice;
Sois grande comme Dieu, ton grand inspirateur!

Et si le scepticisme au langage menteur
Voulait briser ta lyre et t'imposer silence!...
... Persiste!... malgré tous, affirme ta puissance,

Du mal qui nous étreint, sois le contre-poison,
Un avenir prochain te donnera raison !

II.

Tu vaincras ! tu vaincras ! oui, mais ô Poésie !
Tu n'es pas seulement une forme choisie,
Des mots habilement groupés et, sonnant creux,
Un entassement vain d'épithètes obscures,
Les sentiments fardés, les banales tortures,
Et les gémissements des fades amoureux !

Tu n'es pas seulement ces petits vers faciles,
Ces quatrains, ces rondeaux, ces champêtres idylles,
Ces madrigaux du temps des mouches et du fard ;
Tu n'es pas ! tu n'es pas ! ces chants d'ignoble ivresse
Dont la corruption, qui de partout nous presse,
Se sert, pour attaquer le cœur et le regard !

Repousse avec mépris ces fanges de nos scènes,
Les couplets égrillards et les propos obscènes
Qui, d'un public blasé, sont l'aliment impur ;
Ne donne pas ton nom aux voiles que l'on jette
Sur la pensée humaine, indécise, muette,
Que gagne déjà l'ombre et qui perd son azur !

Tu n'es pas, tu n'es pas! une ode à la matière,
Une strophe au néant, un hymne à la poussière,
Un fatal dithyrambe au désespoir cruel,
L'horrible grincement d'un sépulcre qu'on ouvre,
Le bruit lugubre et sourd du fossoyeur qui couvre
Un cadavre!... et l'enchaîne au silence éternel!

Non, tu n'es pas la mort, mais un souffle de vie;
Tout vit en toi! Par toi l'humanité ravie
Trouve, malgré ses maux, le bonheur dans l'espoir!
-Encourage-la donc, poète au chant sublime!
D'un nouveau Sinaï fais rayonner la cime,
Tu vois bien, tu vois bien, que l'horizon est noir!

Plein d'épouvantements, de problèmes sans nombre,
Et que l'esprit humain, mystérieux et sombre,
Après avoir détruit, cherche, pour l'avenir:
— D'un régime nouveau la formule nouvelle,
— Des devoirs et des droits, la base plus réelle,
— La raison de la loi dans ce qui peut unir,

— Le lien social dans la charité sainte,
— La paix trouvée enfin dans la discorde éteinte,
— La vérité maîtresse où commandait l'erreur,
— L'oppression vaincue et la liberté reine,
— Le vice démasqué, la vertu souveraine,
— Tous les rehaussements de l'esprit et du cœur!

III.

Oui, tu peux seule, ô Poésie !
Donner à l'homme ces trésors ;
Le ciel lui-même t'a choisie
Pour ces rayons et pour ces ors !
Dis un mot, et bientôt les choses
Dont tu sanctifieras les causes,
N'auront plus leurs effets amers !
Tu rends meilleurs ceux que tu touches,
Et des méchants les cœurs farouches,
Grâces à toi sont moins pervers !

Chantez donc, chantez, ô poètes !
Convertissez les nations ;
Divins dompteurs des âmes, faites
La conquête des passions !
Traduisez leurs profonds mystères,
Changez en grandeurs leurs misères,
Rien, ici-bas, n'est absolu !
Tout est dans tout ! le mal lui-même
Peut devenir le bien suprême,
Un damné peut faire un élu !

Vous pouvez de vos voix fécondes
Inspirer le culte du beau,

Anoblir les choses immondes
Et donner la vie au tombeau !
Quand vous chantez, tout prend une âme,
Tout s'illumine de la flamme,
Pur reflet du juste et du bien !
Mais, votre silence, c'est l'ombre.
L'esprit humain, sans vous, est sombre,
L'homme, sans vous, ne serait rien !

Car, il a besoin du mirage
Qu'on appelle l'illusion,
Pour ne pas se sentir la rage
Du léopard et du lion !
Il lui faut l'idéal sublime
Pour se transporter sur la cime
Qui le rapprochera du ciel !
Il lui faut l'amour qui transforme
Et qui chasse, bienfait énorme !
De son cœur la haine et le fiel !

Il lui faut l'ivresse de l'âme
Pour calmer les douleurs du corps,
Le divin espoir, ce dictame
Qui change les faibles en forts !
Il faut, à son ardente oreille
Cette parole sans pareille

Qu'on appelle *la vérité !*
Il lui faut, car Dieu l'a fait libre,
Cette grande loi d'équilibre,
Qu'on appelle *la liberté !*

IV.

Et, je vous le redis : chantez, chantez encore,
    Oui, poètes, le ciel est noir ;
Vous avez bien été les chantres de l'aurore !
    Célébrez les ombres du soir !

N'a-t-on pas vu l'enfant naïvement sourire
    Au doux murmure du berceau ?
Il a vieilli ! pourquoi briserait-on la lyre
    Qui le console du tombeau ?

Un peuple jeune a soif d'actions héroïques,
    Où domine le merveilleux ;
Il lui faut les combats, les hauts faits homériques
    Et l'intervention des dieux

Dans l'agitation des grandes épopées ;
    Il lui faut *Ajax* se mêlant,
Furieux et vainqueur, aux éclairs des épées,
    Et près d'*Achille*, *Hector* sanglant !

Mais, plus tard, quand le bras est vaincu par l'idée,
    Quand, du héros naît le penseur,
Et que l'humanité plus sûrement guidée,
    Entrevoit un monde meilleur.

Tout change, l'horizon s'empourpre de lumière,
    L'homme s'avance, et sans effroi,
A l'astre, à l'animal, à la nature entière,
    Il adresse un hardi *Pourquoi?*

V.

Son regard profond, d'une audace extrême,
Fièrement levé de la terre au ciel,
Après le fini, veut, effort suprême!
Caractériser l'immatériel!

Il veut rechercher les rapports intimes
De l'homme avec Dieu (de tout avec rien!),
Et de l'infini sondant les abîmes,
Son œil scrutateur cherche le lien

Qui fait remonter des effets aux causes,
De la créature à son Créateur:
Il sent les parfums qu'exhalent les roses,
Il voit le soleil, cet incubateur

Qui, pour féconder les germes de vie,
Fait de l'Océan deux immenses parts :
L'une, réservée à la fleur ravie,
L'autre, conservée aux monstres hagards.

Il voit le ruisseau lécher la prairie
Et la sillonner de contours charmants,
Il voit le torrent tomber en furie,
Il voit bouillonner ses flots écumants !

Sur un arbre vert qui dans l'eau se mire,
Il entend l'oiseau chanter ses amours,
Et sans se lasser toujours il admire
L'exact va-et-vient des nuits et des jours !

Pour lui, la nature a ses harmonies,
Rien ne s'y soustrait au divin regard ;
Il y voit la grâce et la force unies,
Tout y contredit l'aveugle hasard,

Tout lui paraît bon ! Mais quand il abaisse
Sur son propre cœur un œil attristé,
Que de questions l'homme, hélas ! s'adresse,
Qui le font trembler pour l'humanité !

VI.

Il voudrait savoir si la nuit profonde,
Où rampent, hideux, les vices humains,
Couvrira toujours la sentine immonde,
Où les repentirs et les pleurs sont vains !

Il voudrait savoir si la conscience,
Cette grande voix qui parle à son cœur,
Délivrée enfin de l'intolérance,
Pourra devenir un guide vainqueur !

Il voudrait savoir si la mort doit être
L'éternel levier des progrès humains,
Ou s'il pourra voir bientôt disparaître
La guerre, des mœurs ; et le sang, des mains !

Il voudrait savoir, si, par la misère,
Les hommes de cœur, souvent abattus,
Expiant le bien de leur vie austère,
Mettront à l'index toutes les vertus !

Il voudrait savoir si la pauvre femme
Qui, par son travail, ne peut se nourrir,
Quand elle a failli, n'est plus qu'une infâme,
Et si tels et tels doivent la flétrir !

Il voudrait savoir si le misérable
Que la faim torture et qui vole un pain,
Devient, par le fait, un bien grand coupable,
Sur lequel la loi peut mettre la main !

Il voudrait savoir si l'ingratitude
Lui présentera toujours des attraits,
S'il conservera la noire habitude
De l'associer à tous les bienfaits.

Il voudrait savoir si l'amour lui-même
Sera pour son cœur un tourment cruel,
Et si dans l'aveu si charmant : *Je t'aime !*
Il ne trouvera souvent que du fiel !

VII.

Mais, comme il ne peut pas résoudre par lui-même
Ces problèmes amers, il en conclut le *mal*,
Et se prend à penser, dans sa douleur extrême,
Que l'homme, du destin, est le jouet fatal !

Que le *bien*, ici-bas, n'a pas sa raison d'être,
Et que l'humanité fait, en le poursuivant,
Ce que ferait, hélas ! une feuille de hêtre
Qui voudrait essayer de poursuivre le vent !

Que la force est un droit, dont trop souvent abuse
Aujourd'hui le vainqueur, et le vaincu demain !
Et que la vérité n'est qu'un livre qui s'use
Sous les doigts de tous ceux qui le lisent en vain !

Que jouir est le but suprême de la vie,
Qu'éviter la douleur en est la grande loi,
Et qu'il n'est qu'un bonheur vraiment digne d'envie :
La satisfaction des appétits, du *moi !*

Que l'amour n'est qu'un *fait* dont rien n'idéalise
Ce qu'il nous met au cœur de tendre et de charmant !
Que la femme, après tout, n'est qu'une marchandise
Que l'on peut acheter et vendre impunément !

Que l'amitié souvent n'est qu'un *mot* qui marie
Deux âmes, antithèse ironique du sort ;
Que ce doux sentiment n'est qu'une duperie
Et l'exploitation du faible par le fort !

Que puisque le manant, enrichi par l'usure,
Voit des flatteurs titrés courtiser son trésor,
Qu'il n'est rien, en effet, que l'argent ne procure,
Et qu'on n'est entouré qu'en raison de son or !

Que puisque fièrement, dans leurs chars étalées,
Les impures du jour encombrent le chemin,

Où les pâles vertus, modestement voilées,
Tendent, la larme à l'œil et tristement la main !

VIII.

Il faut désespérer de la pudeur publique,
Renoncer à l'amour et bannir l'amitié,
Mettre au rang des abus la pieuse pratique
De secourir son frère au nom de la pitié.

Donner le pas à l'or sur l'indigence honnête,
Au sabre sur l'idée, au canon sur le droit,
Diminuer le cœur pour agrandir la tête,
Répudier l'honneur dont le niveau décroît !

Tout nier, tout flétrir ; se vautrer dans la fange,
Mettre avant tout, le *bas* et le plaisir grossier,
Abaisser les fronts purs et prostituer l'ange,
Sans douleur voir le *grand* sous le *petit* plier !

Et dégoûté de tout, de tous et de lui-même,
Que l'homme, dont l'espoir n'est plus le point d'appui,
Cherche dans le néant un remède suprême,
Et trouve dans la mort un bonheur qui l'a fui !

IX.

Paraissez alors, ô poètes !
Pour sauver l'avenir, venez, grands inspirés,
Vous avez été les prophètes,
Soyez les rédempteurs des hommes égarés !

Ce n'est pas en vain que vos âmes,
Ces foyers radieux de toutes les splendeurs,
Pour nous ont prodigué leurs flammes,
Eclairé nos esprits et préparé nos cœurs ;

Ce n'est pas en vain que vos lyres,
Ces divins instruments ont, sous vos doigts émus,
Enfanté tous les saints délires,
Les grandes passions et les mâles vertus ;

Ce n'est pas en vain que vos rimes,
Ainsi qu'un fer rougi par vos viriles mains,
Ont puni toujours les grands crimes,
Et des jours mal remplis flétri les lendemains !

Non, poursuivez votre œuvre immense,
Opposez vos rayons à notre obscurité ;
Répandez partout la semence,
Des fruits qui mûriront pour la postérité.

Dites à l'ardente jeunesse,
Qu'en elle le présent et l'avenir ont foi,
Rassurez l'austère vieillesse
Sur la mort qu'elle peut voir venir sans effroi ;

Convertissez en douces choses
Ce que les passions mauvaises ont de fiel,
Otez leurs épines aux roses,
Laissez-leur seulement leur parfum et leur miel !

X.

Propagez l'idéal, malgré les cris sans nombre
Des amis du réel, de la terre et de l'ombre ;
L'idéal !... c'est le beau dans toute sa beauté ;
C'est le ciel entr'ouvert rayonnant sur la fange,
L'homme transfiguré, faisant rêver de l'ange,
Et réhabilitant la triste humanité !

L'idéal ! c'est l'espoir et ses douces chimères ;
La paix sereine, au lieu des discordes amères,
L'amour purifié par la foi des serments ;
Tous les ravissements contenus dans ce vase,
Où la lèvre frémit en s'abreuvant d'extase,
Et puise, pour le cœur, de purs enivrements !

Soyez pour résister aux âmes révoltées,
Des ancres de salut à leurs fureurs jetées,
Des consolations et des apaisements,
Soyez (il en est temps!) la colombe de l'arche,
Et sur l'humanité, pour éclairer sa marche,
Répandez les lueurs de vos enseignements!

Oui, tous les yeux, vers vous, sont tournés, ô poètes!
Instruisez, rassurez les âmes inquiètes,
Faites-vous un devoir de cette mission;
Vous de plus, tout s'élève, et vous de moins, tout tombe!
Etre, ou bien n'être pas; la vie ou bien la tombe,
Telle est, de l'avenir, la grande question;

Et vous la résoudrez par le cœur!... Votre gloire
Sera d'avoir vaincu, sans attrister l'histoire;
Vous n'aurez pas au front cette tache de sang
Horrible!... que jamais la main du temps n'efface,
Et qui, signe fatal! quoi qu'on dise et qu'on fasse,
Rend, du triomphateur, le succès impuissant!

Clermont, typ. Ferdinand Thibaud.

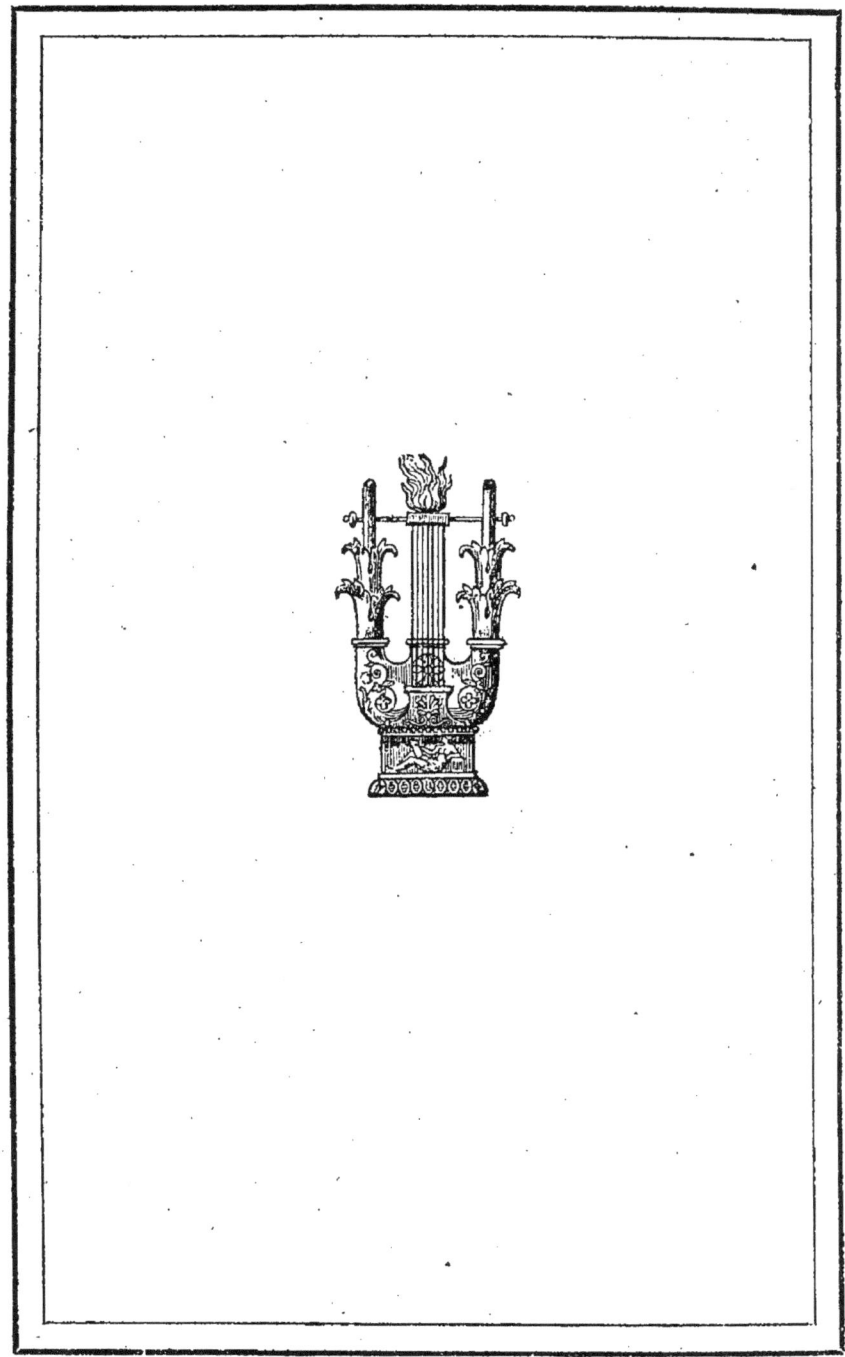

CLERMONT, TYP. FERD. THIBAUD.